BOISSERIE STALNER LAMBERT

FLOR DE LUNA

2 - LA FINCA DON DIEGO

SCÉNARIO : PIERRE BOISSERIE ET ÉRIC STALNER
DESSIN : ÉRIC LAMBERT ET ÉRIC STALNER
COULEUR : BRUNO PRADELLE ET RÉMY LANGLOIS

Glénat

Directeur de la série *"Flor de Luna"* : Vahé Gérard.

Fumer nuit gravement à la santé

www.glenat.com

Dépôt légal : juin 2008
ISBN : 978-2-7234-6226-6
Achevé d'imprimer en Belgique en juin 2008 par Lesaffre

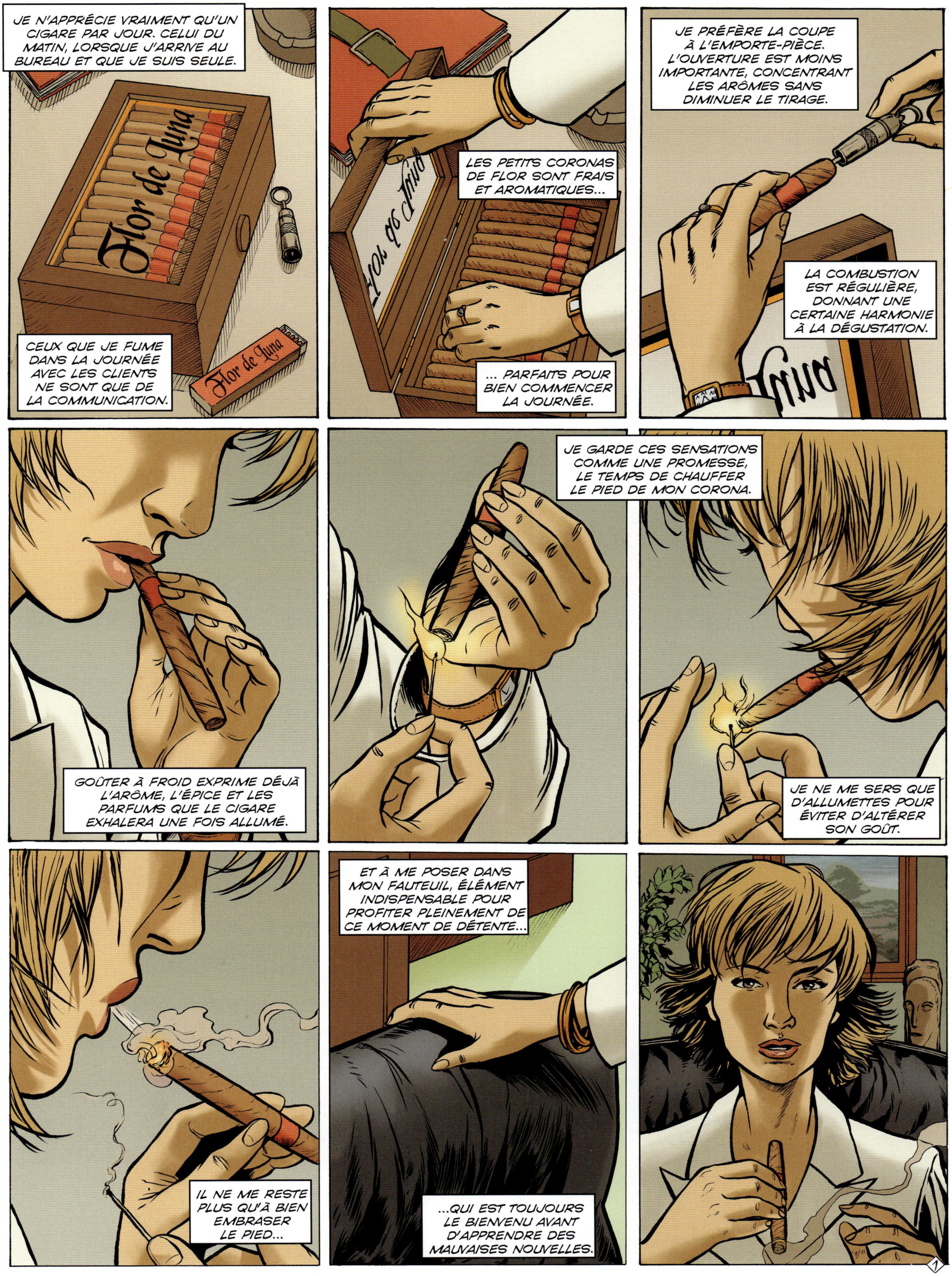
JE N'APPRÉCIE VRAIMENT QU'UN CIGARE PAR JOUR. CELUI DU MATIN, LORSQUE J'ARRIVE AU BUREAU ET QUE JE SUIS SEULE.
Flor de Luna
CEUX QUE JE FUME DANS LA JOURNÉE AVEC LES CLIENTS NE SONT QUE DE LA COMMUNICATION.
Flor de Luna
LES PETITS CORONAS DE FLOR SONT FRAIS ET AROMATIQUES...
... PARFAITS POUR BIEN COMMENCER LA JOURNÉE.
JE PRÉFÈRE LA COUPE À L'EMPORTE-PIÈCE. L'OUVERTURE EST MOINS IMPORTANTE, CONCENTRANT LES ARÔMES SANS DIMINUER LE TIRAGE.
LA COMBUSTION EST RÉGULIÈRE, DONNANT UNE CERTAINE HARMONIE À LA DÉGUSTATION.
GOÛTER À FROID EXPRIME DÉJÀ L'ARÔME, L'ÉPICE ET LES PARFUMS QUE LE CIGARE EXHALERA UNE FOIS ALLUMÉ.
JE GARDE CES SENSATIONS COMME UNE PROMESSE, LE TEMPS DE CHAUFFER LE PIED DE MON CORONA.
JE NE ME SERS QUE D'ALLUMETTES POUR ÉVITER D'ALTÉRER SON GOÛT.
IL NE ME RESTE PLUS QU'À BIEN EMBRASER LE PIED...
ET À ME POSER DANS MON FAUTEUIL, ÉLÉMENT INDISPENSABLE POUR PROFITER PLEINEMENT DE CE MOMENT DE DÉTENTE...
...QUI EST TOUJOURS LE BIENVENU AVANT D'APPRENDRE DES MAUVAISES NOUVELLES.
1

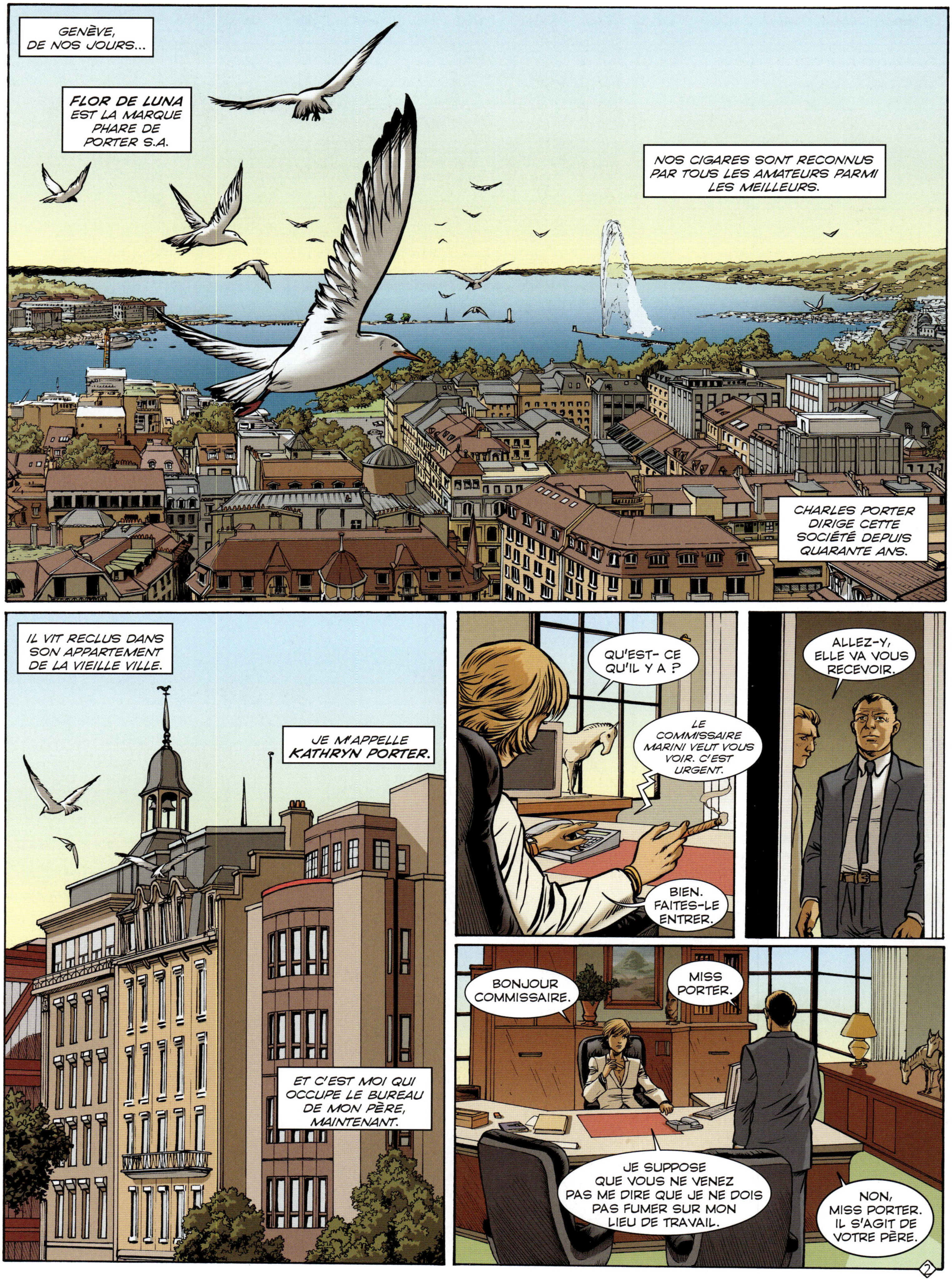
GENÈVE, DE NOS JOURS...
FLOR DE LUNA EST LA MARQUE PHARE DE PORTER S.A.
NOS CIGARES SONT RECONNUS PAR TOUS LES AMATEURS PARMI LES MEILLEURS.
CHARLES PORTER DIRIGE CETTE SOCIÉTÉ DEPUIS QUARANTE ANS.
IL VIT RECLUS DANS SON APPARTEMENT DE LA VIEILLE VILLE.
JE M'APPELLE KATHRYN PORTER.
ET C'EST MOI QUI OCCUPE LE BUREAU DE MON PÈRE, MAINTENANT.
QU'EST- CE QU'IL Y A ?
LE COMMISSAIRE MARINI VEUT VOUS VOIR. C'EST URGENT.
BIEN. FAITES-LE ENTRER.
ALLEZ-Y, ELLE VA VOUS RECEVOIR.
BONJOUR COMMISSAIRE.
MISS PORTER.
JE SUPPOSE QUE VOUS NE VENEZ PAS ME DIRE QUE JE NE DOIS PAS FUMER SUR MON LIEU DE TRAVAIL.
NON, MISS PORTER. IL S'AGIT DE VOTRE PÈRE.
2

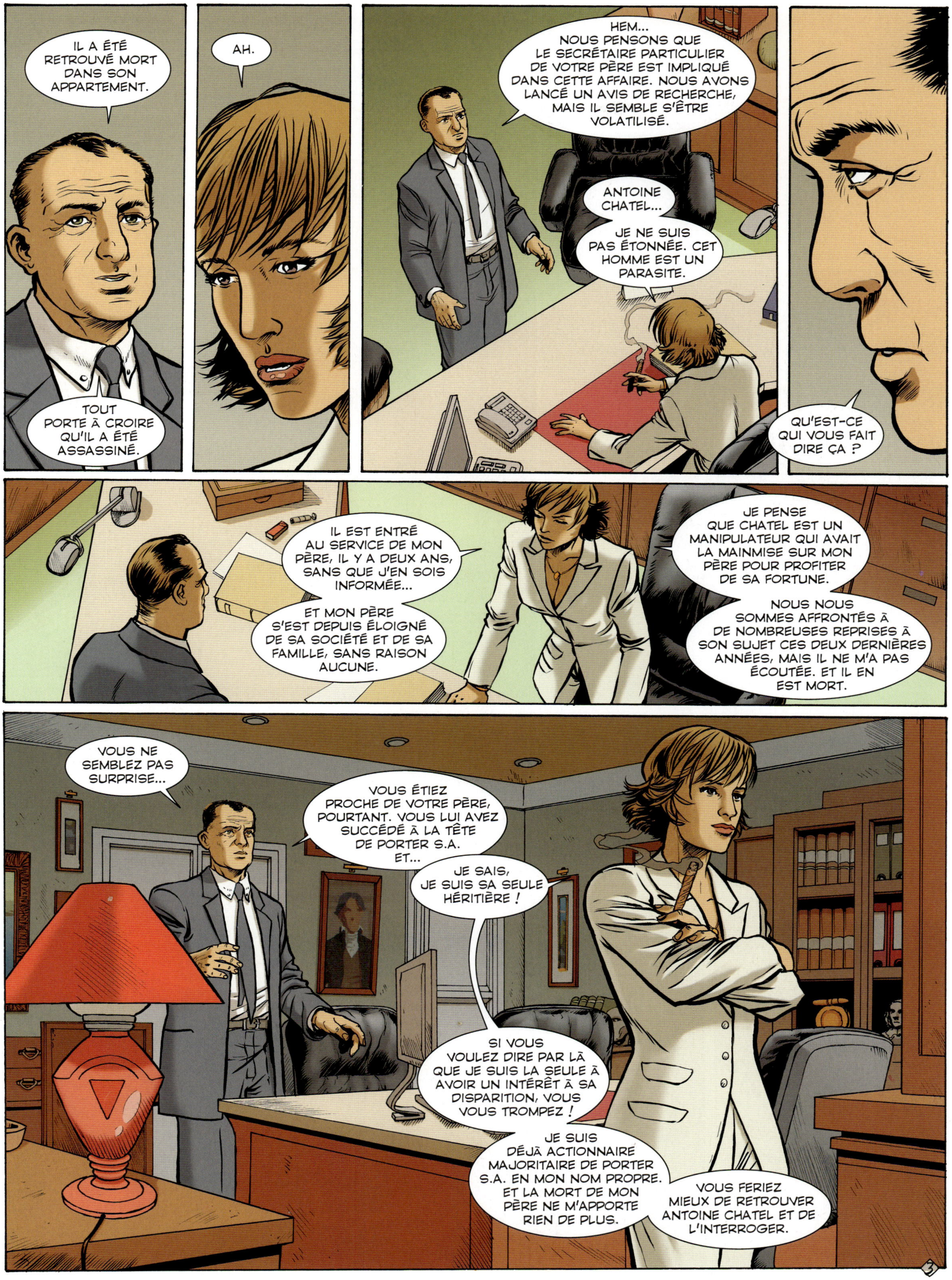
IL A ÉTÉ RETROUVÉ MORT DANS SON APPARTEMENT.
TOUT PORTE À CROIRE QU'IL A ÉTÉ ASSASSINÉ.
AH.
HEM... NOUS PENSONS QUE LE SECRÉTAIRE PARTICULIER DE VOTRE PÈRE EST IMPLIQUÉ DANS CETTE AFFAIRE. NOUS AVONS LANCÉ UN AVIS DE RECHERCHE, MAIS IL SEMBLE S'ÊTRE VOLATILISÉ.
ANTOINE CHATEL...
JE NE SUIS PAS ÉTONNÉE. CET HOMME EST UN PARASITE.
QU'EST-CE QUI VOUS FAIT DIRE ÇA ?
IL EST ENTRÉ AU SERVICE DE MON PÈRE, IL Y A DEUX ANS, SANS QUE J'EN SOIS INFORMÉE...
ET MON PÈRE S'EST DEPUIS ÉLOIGNÉ DE SA SOCIÉTÉ ET DE SA FAMILLE, SANS RAISON AUCUNE.
JE PENSE QUE CHATEL EST UN MANIPULATEUR QUI AVAIT LA MAINMISE SUR MON PÈRE POUR PROFITER DE SA FORTUNE.
NOUS NOUS SOMMES AFFRONTÉS À DE NOMBREUSES REPRISES À SON SUJET CES DEUX DERNIÈRES ANNÉES, MAIS IL NE M'A PAS ÉCOUTÉE. ET IL EN EST MORT.
VOUS NE SEMBLEZ PAS SURPRISE...
VOUS ÉTIEZ PROCHE DE VOTRE PÈRE, POURTANT. VOUS LUI AVEZ SUCCÉDÉ À LA TÊTE DE PORTER S.A. ET...
JE SAIS, JE SUIS SA SEULE HÉRITIÈRE !
SI VOUS VOULEZ DIRE PAR LÀ QUE JE SUIS LA SEULE À AVOIR UN INTÉRÊT À SA DISPARITION, VOUS VOUS TROMPEZ !
JE SUIS DÉJÀ ACTIONNAIRE MAJORITAIRE DE PORTER S.A. EN MON NOM PROPRE. ET LA MORT DE MON PÈRE NE M'APPORTE RIEN DE PLUS.
VOUS FERIEZ MIEUX DE RETROUVER ANTOINE CHATEL ET DE L'INTERROGER.
3

JE NE VOUS RACCOMPAGNE PAS, J'AI MON CIGARE À TERMINER...
JUSTE POUR INFORMATION, BIEN QUE CELA NE SEMBLE PAS VOUS INTÉRESSER OUTRE MESURE, VOTRE PÈRE A ÉTÉ TUÉ D'UNE BALLE EN PLEIN CŒUR.
SON APPARTEMENT A ÉTÉ ENTIÈREMENT RETOURNÉ, MAIS RIEN NE SEMBLE AVOIR ÉTÉ VOLÉ.
MAIS PEUT-ÊTRE LE SAVIEZ-VOUS DÉJÀ...
UNE BALLE EN PLEIN CŒUR...
QUELLE IRONIE...
JE PEUX ENTRER ?
OUI. DE TOUTE MANIÈRE MON CIGARE EST GÂCHÉ.
JE VIENS D'APPRENDRE, POUR TON PÈRE.
JE SUIS DÉSOLÉ.
MOI PAS.
ÉVIDEMMENT...
IL Y A QUELQUE CHOSE QUE JE PEUX FAIRE ?
OUI, TON BOULOT. LE MONDE NE S'EST PAS ARRÊTÉ ET NOUS N'AVONS TOUJOURS PAS TROUVÉ CE QUE NOUS CHERCHONS...
... JE VEUX LA PEAU D'ANTOINE CHATEL.
ET TOUS CES GENS QUI PENSENT QUE TU N'ES QU'UNE SALOPE SANS CŒUR.
TEL PÈRE, TELLE FILLE...

CUBA, FIN MARS 1826...
LA VUELTA ABAJO EST LE TERROIR LE PLUS RICHE DE TOUTE L'ÎLE. LA TERRE Y EST VOLCANIQUE ET RICHE EN MINÉRAUX, ET LES VENTS QUI VIENNENT DE LA MER APPORTENT UNE HUMIDITÉ QUI TEMPÈRE LA CHALEUR DU SOLEIL.
MA PETITE EXPLOITATION, LA FINCA DON DIEGO, SE SITUAIT EN SON CŒUR, À QUELQUES LIEUES DE PINAR DEL RIO.
J'AVAIS AUSSI BIEN SEMÉ DU CRIOLLO, POUR LES FEUILLES DE TRIPES, QUE DU COROJO, RÉPUTÉ POUR FOURNIR LES PLUS BELLES FEUILLES DE CAPE.
LA PREMIÈRE RÉCOLTE AVAIT ÉTÉ BONNE. NOUS ALLIONS BIENTÔT POUVOIR DÉCROCHER LES FEUILLES DU SÉCHOIR ET LES PRÉPARER POUR LES METTRE EN BALLES.
SI TU ME DIS QUE CETTE COULEUR BRUNE EST PARFAITE, JE NE PEUX QUE TE CROIRE, JUANJO.
C'EST PARCE QUE LA CHOLOROPHYLLE EST PARTIE DE LA FEUILLE EN SÉCHANT, DON DIEGO.
PAS VRAI, STEFANO ?
SI, SI. JE VOUS AVAIS DIT QU'ELLES NE RESTERAIENT PAS JAUNES.
ON PEUT COMMENCER À ENLEVER CELLE D'EN HAUT ET À REMONTER LES AUTRES.
VOUS N'AVEZ QU'À MONTER VOIR.

HEUREUSEMENT QUE JUANJO ET STEFANO M'AVAIENT FAIT PROFITER DE LEUR EXPÉRIENCE DANS D'AUTRES FINCAS.
CAR SI LA TERRE ET LE CLIMAT SONT ESSENTIELS, C'EST LE TRAVAIL DES VEGUEROS QUI FAIT UNE BONNE RÉCOLTE.
MAIS L'ACHETEUR DE LA FABRICA NE DOIT VENIR QUE LA SEMAINE PROCHAINE.
ON VA VAPORISER ET AÉRER LES FEUILLES EN ATTENDANT POUR QU'ELLES GARDENT LEUR ÉLASTICITÉ.
IL VA FALLOIR QUE TU ME MONTRES...
JE VAIS DÉJÀ REMONTER CELLES-CI...
DON DIEGO, UNE VOITURE ARRIVE !
VA CHERCHER MON FUSIL ! SI C'EST ENCORE DES HOMMES DE PLACIDO...
NON, C'EST LA VOLANTA DES CASABIANCA !
LUCIA...
JUANJO ! FINIS LÀ-HAUT, S'IL TE PLAÎT !
STEFANO ! VA FAIRE CHAUFFER DE L'EAU !
LUCIA ! QUELLE SURPRISE ! VOUS AURIEZ DÛ ME PRÉVENIR !
JE SUIS DÉSOLÉE, DON DIEGO, MAIS NOUS SOMMES PARTIES SI VITE !
J'AI BESOIN QUE VOUS ME RENDIEZ UN GRAND SERVICE ! VOUS ÊTES LE SEUL VERS QUI JE PUISSE ME TOURNER !
VENEZ AVEC MOI, JE VAIS VOUS EXPLIQUER.
6

TOUT D'ABORD, JE VOUS ANNONCE QUELQUE CHOSE...
JE VAIS ME MARIER AVEC LE CAPITAINE PORTERO...
PORTERO ? MAIS...
JE COMPRENDS VOTRE RÉSERVE, MAIS CETTE DÉCISION N'APPARTIENT QU'À MON PÈRE ET À LUI SEUL...
VOUS SAVEZ COMBIEN JE RESPECTE VOTRE PÈRE, MAIS JE NE PEUX QUE VOUS FAIRE PART DE MON PROFOND DÉSACCORD AVEC CETTE DÉCISION !
CET HOMME NE VOUS MÉRITE PAS !
D'AILLEURS, JE NE COMPRENDS PAS, VOUS AVEZ EU UN ENFANT ET IL VOUS ÉPOUSE ?
IL ÉTAIT MORT-NÉ.
L'HONNEUR EST SAUF...
ET C'EST MIEUX AINSI...
PAR CONTRE, JAHIA A EU DES JUMEAUX. ET C'EST POUR ELLE QUE JE VIENS VOUS VOIR.
VOUS SAVEZ À QUEL POINT JE SUIS ATTACHÉE À ELLE DEPUIS LA TRAVERSÉE !
OR MON FUTUR MARI NE SUPPORTE PAS SA VUE ET VEUT LA RENVOYER AVEC LES AUTRES ESCLAVES !
JE NE LE SUPPORTERAI PAS...
AUSSI JE VOUS DEMANDE DE BIEN VOULOIR L'ACCUEILLIR CHEZ VOUS. ELLE VOUS RENDRA BIEN SERVICE.
ET JE LA SAURAI AU MOINS EN SÉCURITÉ.
MAIS... ET VOUS ? VOUS...
JE VIENDRAI LA VISITER AUSSI SOUVENT QUE POSSIBLE.
TENEZ !
ET VOUS SEREZ BIEN ENTENDU DÉDOMMAGÉ POUR LES FRAIS.
OH !...

NE ME LAISSEZ PAS, DOÑA LUCIA ! JE VOUS EN SUPPLIE ! JE N'Y ARRIVERAI PAS TOUTE SEULE !
ALLONS, NE FAIS PAS L'ENFANT !
TU SAIS TRÈS BIEN QUE NOUS N'AVONS PAS LE CHOIX !
DON DIEGO VA S'OCCUPER DE TOI. ET JE LUI AI DEMANDÉ DE T'AIDER À RETROUVER TON FRÈRE.
DOÑA LUCIA...
CHUT, REGARDE, ILS DORMENT...
UN JOUR, JE TE LE PROMETS, NOUS SERONS À NOUVEAU TOUS ENSEMBLE !
D'ICI LÀ, PRENDS BIEN SOIN D'EUX...
PROMIS !
JE DOIS Y ALLER !
DIEGO, JE COMPTE SUR VOUS !
BIEN SÛR. MA PORTE VOUS EST OUVERTE À TOUTE HEURE !
ET POUR WEKE, J'Y METTRAI LE PRIX QU'IL FAUT...
... MAIS JE M'ENGAGE À LE RETROUVER !
MERCI, DON DIEGO.
C'EST BON. ENTREZ ET INSTALLEZ-VOUS. ON VA VOIR CE QU'ON PEUT FAIRE POUR VOTRE FRÈRE.

JE NE MIS PAS LONGTEMPS POUR RETROUVER LA TRACE DE WEKE ; IL NE S'ÉTAIT PAS HABITUÉ À TRAÎNER SES CHAÎNES, LES YEUX TOUJOURS TOURNÉS VERS LES RIVAGES DE L'AFRIQUE ET LA LIBERTÉ.
IL AVAIT REJOINT UNE SOCIÉTÉ SECRÈTE D'ESCLAVES QUI PRÉPARAIT UN SOULÈVEMENT.
ARRÊTÉ LORS D'UNE CÉRÉMONIE DE ÑAÑIGAS, IL RÉUSSIT À S'ENFUIR POUR TENTER DE REJOINDRE LES CIMARRONS, LES ESCLAVES FUGITIFS, QUI SE CACHAIENT DANS LES PALENQUES.
MAIS WEKE, QUI N'EN ÉTAIT PAS À SON COUP D'ESSAI, FUT RAPIDEMENT RATTRAPÉ PAR LE MAYORAL DE LA PLANTATION, SES HOMMES ET SES CHIENS.
LES CHIENS DEVIENNENT FOUS ! C'EST QU'ILS ONT SENTI LE BOZAL ! IL N'EST PAS LOIN !
9

IL EST LÀ !
VAS-Y, LE CHIEN ! ATTAQUE !
NON !
AAAHH !!
EH BEN, TU NOUS AURAS FAIT CAVALER, MON SALAUD !
RAPPELLE TON CHIEN, IL FAUT LE JUGER D'ABORD...
COUCHÉE, LA BÊTE !
TENEZ-LE BIEN !
WEKE, TU ES JUGÉ COUPABLE !
C'EST BON !
ET TU CONNAIS LA SENTENCE !
NOOON !
MAIS ARRÊTE DE GIGOTER !
TCHAK

L'HACIENDA CASABIANCA, AU CŒUR DE LA PLANTATION FAMILIALE DE CANNE À SUCRE, ÉTAIT À UNE DEMI-JOURNÉE À CHEVAL DE LA HAVANE.
C'EST ICI QU'EN BON HACENDADOS CRÉOLE, DON LUIS PASSAIT LE PLUS CLAIR DE SON TEMPS, LA CAPITALE ÉTANT DEVENUE BIEN TROP ESPAGNOLE À SON GOÛT.
CE QUI NE L'EMPÊCHAIT PAS DE PRÉPARER LE MARIAGE DE SA FILLE UNIQUE AVEC L'UN DE SES REPRÉSENTANTS.
LUCIA !
VOUS ME CHERCHEZ, PADRE ?
AH, DIS-MOI, MA FILLE, OÙ EST DONC PASSÉE TA NÉGRESSE ?
JE NE VEUX PAS QU'ELLE SOIT LÀ LORSQUE PORTERO VA ARRIVER, TU SAIS À QUEL POINT LA VUE DES NÈGRES L'INDISPOSE...
IL FAUT QUE TU ME DÉBARRASSES D'ELLE ET DE SES DEUX MULATOS !
IL EST BIEN TEMPS ! CELA FAIT UNE SEMAINE QU'ELLE N'EST PLUS LÀ !
AH BON ? MAIS OÙ...
QU'EST-CE QUE CELA PEUT BIEN VOUS FAIRE ? VOUS NE SUPPORTIEZ PAS SA VUE, NI CELLE DE MON FILS ! ET SON ABSENCE NE VOUS A PAS GÊNÉ...
DITES-MOI, M'AUTORISEZ-VOUS À PORTER LA MÉDAILLE DE MA MÈRE DEMAIN ?
JE NE RETROUVE PAS MES BIJOUX, ET J'AIMERAIS LUI FAIRE HONNEUR LE JOUR DE MON MARIAGE...
OUI, OUI, BIEN SÛR, CELA ME FERAIT BIEN PLAISIR !
AH, VOICI TON MARI !
MON FUTUR MARI...
11

LAISSEZ-MOI AU MOINS MA DERNIÈRE JOURNÉE DE LIBERTÉ.
AH, MAIS C'EST TOUT DE MÊME EXTRAORDINAIRE ! TU AS LA CHANCE INCROYABLE QU'UN HOMME, D'UN GRANDE QUALITÉ QUI PLUS EST, VEUILLE BIEN DE TOI, MALGRÉ TA SITUATION QUI EN FERAIT FUIR PLUS D'UN !
TU DEVRAIS PLUTÔT T'ESTIMER HEUREUSE !
C'EST UNE OPPORTUNITÉ QUI NE SE REPRODUIRA PAS ! MON DIEU, DÉJÀ DEUX HEURES !
DE VOIR MA MÈRE SOUFFRIR TOUTE UNE VIE NE VOUS A PAS SUFFI !
VOUS VOULEZ ME FAIRE SUBIR LE MÊME SORT...
TA MÈRE A ÉTÉ PARFAITEMENT HEUREUSE ! JE NE L'AI JAMAIS ENTENDUE SE PLAINDRE DE QUOI QUE CE SOIT !
ET J'ESPÈRE QUE TU FERAS DE MÊME !
N'Y COMPTEZ PAS TROP !
ÇA SUFFIT MAINTENANT ! TAIS-TOI !
TA MÈRE ET MOI AVONS ÉTÉ BIEN TROP TOLÉRANTS AVEC TOI ! JE LE REGRETTE AMÈREMENT AUJOURD'HUI !
TON "FUTUR" MARI ARRIVE ! JE SUIS SÛR QU'IL SAURA TE MATER, LUI !
jamais...
AH ! LE VOILÀ !
BONJOUR, MON FILS ! JE PEUX VOUS APPELER MON FILS, N'EST-CE PAS ?

BIEN SÛR, DON LUIS...
SI VOUS ÊTES D'ACCORD, ÉVIDEMMENT, LUCIA...
VOUS FEREZ COMME BON VOUS SEMBLE...
AH, J'AIME MIEUX CELA !
... ET VOUS PERMETTREZ QUE JE VOUS APPELLE PÈRE...
... IL PEUT BIEN ÊTRE VOTRE PÈRE PUISQU'IL NE SERA PLUS LE MIEN !
LUCIA !
LUCIA M'AVAIT FAIT PARVENIR UN CARTON D'INVITATION POUR SON MARIAGE, MAIS JE DÉCIDAI DE NE PAS Y ALLER... ENFIN, PAS VRAIMENT, PUISQUE JE ME RENDAIS QUAND MÊME À LA HAVANE CE JOUR-LÀ.
BIEN QUE JE NE VOULAIS PAS ME L'AVOUER À L'ÉPOQUE, CETTE UNION ME CONTRARIAIT AU PLUS HAUT POINT.
ET SURTOUT DES SENTIMENTS, QUE JE CROYAIS À TOUT JAMAIS ENFOUIS DANS LE TRÉFONDS DE MON CŒUR, S'ÉTAIENT RÉVEILLÉS...
APRÈS TOUT CE QUE LUCIA AVAIT DÉJÀ SUBI, CE MARIAGE ÉTAIT UN AFFRONT DE PLUS QUE SON PÈRE LUI JETAIT À LA FIGURE.
13

J'AVAIS DÉCIDÉ D'UTILISER LES FONDS QUE M'AVAIT DONNÉS LUCIA POUR RÉGLER UN PROBLÈME QUI METTAIT DÉJÀ EN PÉRIL L'AVENIR DE MON EXPLOITATION ALORS QUE JE VENAIS À PEINE DE DÉMARRER : LES CONTREBANDIERS.
PLACIDO...
REGARDEZ DONC QUI VOILÀ ! DIEGO CASTELLANO ! TU ES BIEN TÉMÉRAIRE DE VENIR AVEC TON CIGARE !
À MOINS QUE TU N'AIES RETROUVÉ LA RAISON ET QUE TU ACCEPTES MON OFFRE AMICALE...
PAS VRAIMENT, NON...
JE SUIS VENU T'EN FAIRE UNE BIEN PLUS INTÉRESSANTE !
TU NE DOUTES DE RIEN !
MAIS VAS-Y, JE T'ÉCOUTE, ON NE SAIT JAMAIS !
JE VIENS DE FAIRE UNE SORTE D'HÉRITAGE...
... ET J'AIMERAIS INVESTIR CET ARGENT POUR DÉVELOPPER MON AFFAIRE.
ALORS, PLUTÔT QUE DE NOUS AFFRONTER, JE TE PROPOSE DE NOUS ASSOCIER.
'FAUT VOIR, CONCRÈTEMENT, TU PROPOSES QUOI ?
C'EST SIMPLE : JE TE VERSE DE L'ARGENT ET TU ME METS EN CONTACT AVEC LES CONTREBANDIERS AVEC QUI TU TRAVAILLES.
14

JE TRAITE EN DIRECT AVEC EUX POUR ÉCOULER UNE PARTIE DE MA RÉCOLTE ET TU TOUCHES UNE COMMISSION.
ÇA ME VA ! IL Y A JUSTE UN PROBLÈME...
LES ESPAGNOLS TOUCHENT EUX AUSSI POUR FERMER LES YEUX.
TU N'AS PAS BESOIN DE LEUR PARLER DE NOTRE ARRANGEMENT. ÇA RESTE ENTRE NOUS.
UNE FOIS RÉGLÉS LES DÉTAILS DE NOTRE ASSOCIATION, JE RETOURNAI CHEZ MOI.
MAIS JE NE PRIS PAS LE CHEMIN LE PLUS COURT.
D'OÙ ME VENAIT CETTE SALE HABITUDE DE M'INFLIGER DES ÉPREUVES DONT JE POUVAIS ME PASSER ?
LA VILLE ÉTAIT EN LIESSE, CRÉOLES ET ESPAGNOLS SE MÊLANT AUTOUR DU CORTÈGE.
LA HAVANE SE RÉJOUISSAIT DE L'UNION ENTRE SES DEUX COMMUNAUTÉS RIVALES QUE TOUT OPPOSAIT...
CE QUI N'ÉTAIT PAS LE CAS DE TOUT LE MONDE.
JE N'AVAIS JAMAIS VU, MÊME SUR LE VISAGE DES HOMMES QUE J'AVAIS MENÉS AU COMBAT, AUTANT DE DÉSESPÉRANCE ET DE RÉSIGNATION.

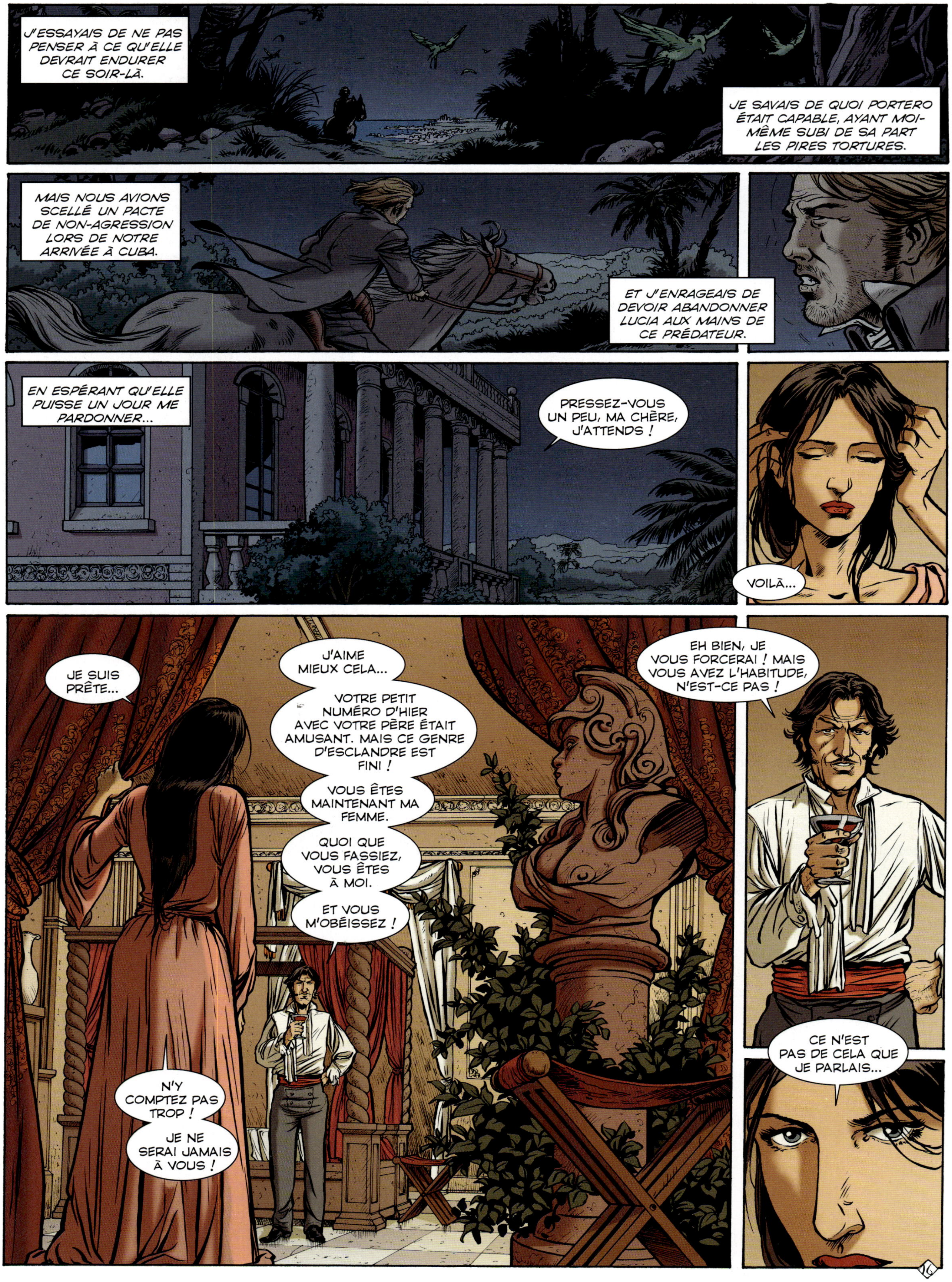
J'ESSAYAIS DE NE PAS PENSER À CE QU'ELLE DEVRAIT ENDURER CE SOIR-LÀ.
JE SAVAIS DE QUOI PORTERO ÉTAIT CAPABLE, AYANT MOI-MÊME SUBI DE SA PART LES PIRES TORTURES.
MAIS NOUS AVIONS SCELLÉ UN PACTE DE NON-AGRESSION LORS DE NOTRE ARRIVÉE À CUBA.
ET J'ENRAGEAIS DE DEVOIR ABANDONNER LUCIA AUX MAINS DE CE PRÉDATEUR.
EN ESPÉRANT QU'ELLE PUISSE UN JOUR ME PARDONNER...
PRESSEZ-VOUS UN PEU, MA CHÈRE, J'ATTENDS !
VOILÀ...
JE SUIS PRÊTE...
J'AIME MIEUX CELA...
VOTRE PETIT NUMÉRO D'HIER AVEC VOTRE PÈRE ÉTAIT AMUSANT. MAIS CE GENRE D'ESCLANDRE EST FINI !
VOUS ÊTES MAINTENANT MA FEMME.
QUOI QUE VOUS FASSIEZ, VOUS ÊTES À MOI.
ET VOUS M'OBÉISSEZ !
N'Y COMPTEZ PAS TROP !
JE NE SERAI JAMAIS À VOUS !
EH BIEN, JE VOUS FORCERAI ! MAIS VOUS AVEZ L'HABITUDE, N'EST-CE PAS !
CE N'EST PAS DE CELA QUE JE PARLAIS...

CE N'EST QU'EN ARRIVANT À LA FINCA QUE J'ARRIVAI À ME CALMER.
LES PARFUMS DE MA TERRE ET DU TABAC QUI SÉCHAIT DANS LA CASA M'APAISÈRENT AUSSITÔT.
JE N'AVAIS PLUS QU'À M'ALLUMER UN CIGARE...
... ET À REGARDER LES FLEURS QUE SES VOLUTES DESSINAIENT DANS LA CLARTÉ DE LA LUNE.
DES FLEURS DE LUNE, FLOR DE LUNA...
HUN !
HUN !
HUN !
HUN !
HUN !
HUN !
HUN !

LES ALPES SUISSES, DE NOS JOURS...
ALORS, C'EST DE LÀ QUE VIENT LE NOM DE MES CIGARES PRÉFÉRÉS !
CE DIEGO EST EN FAIT UN VRAI PETIT CŒUR D'ARTICHAUT ! ENFIN, CETTE HISTOIRE A DÛ DRÔLEMENT LE SECOUER : SON JOURNAL S'INTERROMPT PENDANT CINQ ANS APRÈS LE MARIAGE DE LUCIA ET PORTERO.
JE N'AI MÊME PAS VU LE JOUR SE LEVER !
C'EST LE MOMENT DE FAIRE UNE PAUSE...
JE N'AI PAS DÉCROCHÉ DU JOURNAL DE DIEGO CASTELLANO DEPUIS QUE JE SUIS ARRIVÉ ICI CETTE NUIT.
ÇA M'ÉTONNERAIT QU'ILS VIENNENT ME CHERCHER DANS CE CHALET. JE N'EN AI JAMAIS PARLÉ À PERSONNE, MÊME PAS À PORTER.

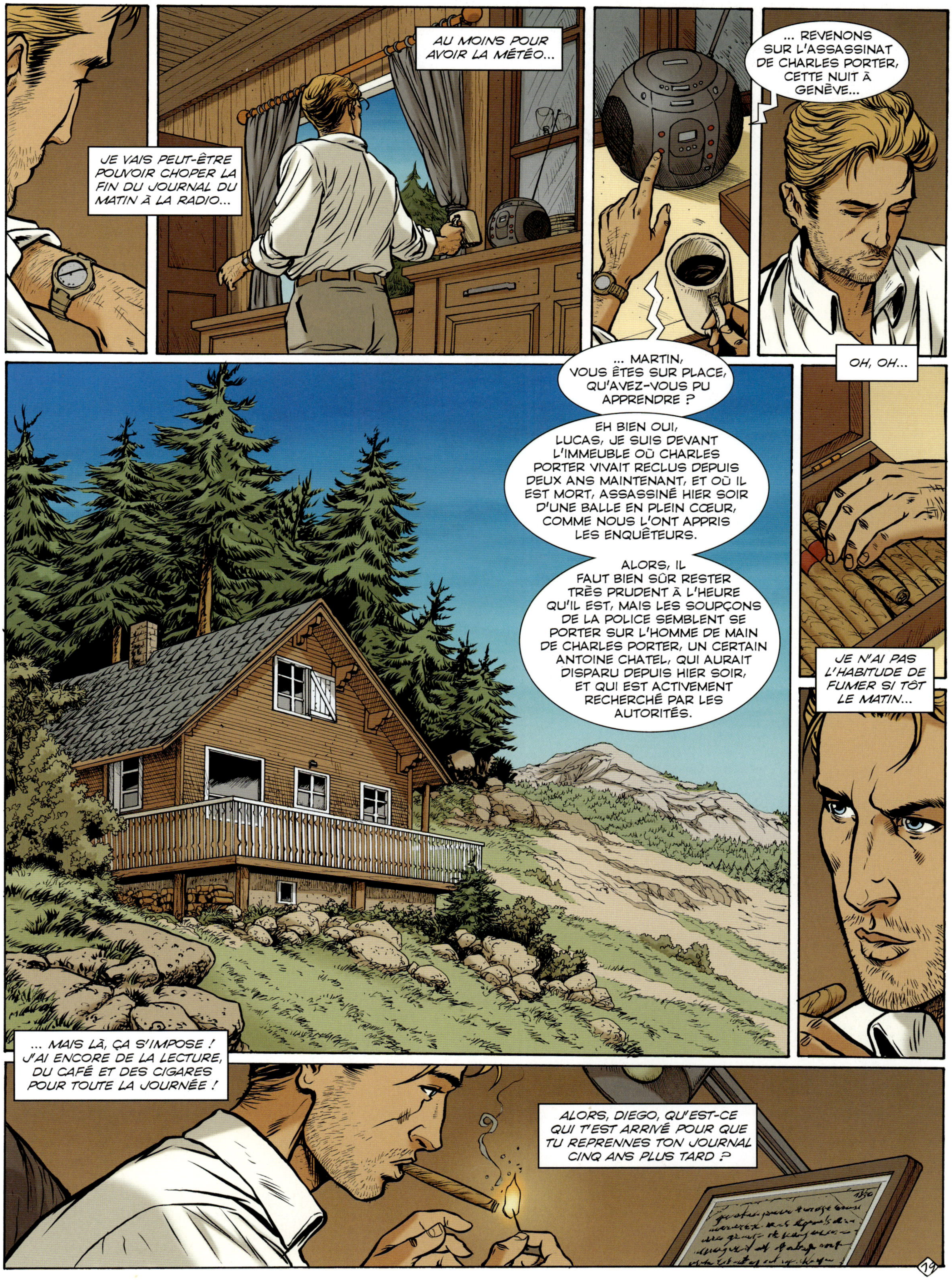
JE VAIS PEUT-ÊTRE POUVOIR CHOPER LA FIN DU JOURNAL DU MATIN À LA RADIO...
AU MOINS POUR AVOIR LA MÉTÉO...
... REVENONS SUR L'ASSASSINAT DE CHARLES PORTER, CETTE NUIT À GENÈVE...
... MARTIN, VOUS ÊTES SUR PLACE, QU'AVEZ-VOUS PU APPRENDRE ?
EH BIEN OUI, LUCAS, JE SUIS DEVANT L'IMMEUBLE OÙ CHARLES PORTER VIVAIT RECLUS DEPUIS DEUX ANS MAINTENANT, ET OÙ IL EST MORT, ASSASSINÉ HIER SOIR D'UNE BALLE EN PLEIN CŒUR, COMME NOUS L'ONT APPRIS LES ENQUÊTEURS.
ALORS, IL FAUT BIEN SÛR RESTER TRÈS PRUDENT À L'HEURE QU'IL EST, MAIS LES SOUPÇONS DE LA POLICE SEMBLENT SE PORTER SUR L'HOMME DE MAIN DE CHARLES PORTER, UN CERTAIN ANTOINE CHATEL, QUI AURAIT DISPARU DEPUIS HIER SOIR, ET QUI EST ACTIVEMENT RECHERCHÉ PAR LES AUTORITÉS.
OH, OH...
JE N'AI PAS L'HABITUDE DE FUMER SI TÔT LE MATIN...
... MAIS LÀ, ÇA S'IMPOSE ! J'AI ENCORE DE LA LECTURE, DU CAFÉ ET DES CIGARES POUR TOUTE LA JOURNÉE !
ALORS, DIEGO, QU'EST-CE QUI T'EST ARRIVÉ POUR QUE TU REPRENNES TON JOURNAL CINQ ANS PLUS TARD ?
19

NON !
PITIÉ !
NE ME FRAPPEZ PAS !
MULEQUILLO !
REVIENS ICI TOUT DE SUITE !
REVIENS, OU JE TE FAIS FOUETTER AU SANG !
CORINA ! QU'EST-CE QUI TE PREND ?
MAIS, MÈRE, CE N'EST QU'UN ESCLAVE !
IL DOIT M'OBÉIR !
NON, CORINA, C'EST PEUT-ÊTRE UN ESCLAVE, POUR AUTANT TU N'AS PAS LE DROIT DE LE FRAPPER !
MAIS LAISSE-LA DONC, LUCIA, C'EST UNE ENFANT !
PARFOIS, J'EN DOUTE...
C'EST PAPA QUI A DIT QUE...
ÇA NE M'ÉTONNE PAS DE LUI ! ÇA SUFFIT, MAINTENANT TU RENTRES À LA MAISON !
JE N'AIME PAS BIEN LA MANIÈRE DONT TU ÉLÈVES CETTE ENFANT !
BIENTÔT, TU VAS LUI DIRE QUE LES ESCLAVES SONT DES GENS COMME NOUS !
J'ESPÈRE QUE TU NE T'ES PAS MIS CES STUPIDES IDÉES ABOLITIONNISTES EN TÊTE ! TU SAIS CE QUE CELA VOUDRAIT DIRE POUR L'INGENIO !
POURQUOI ? VOUS PENSEZ QU'UNE FOIS LIBRES ILS N'AURONT PAS BESOIN DE TRAVAILLER POUR GAGNER LEUR VIE ?
20

APRÈS TOUT, ILS ONT BIEN LE DROIT DE VIVRE UN PEU POUR EUX, ET DE SE REPOSER.
QU'EST-CE QUE TU RACONTES ?
TU SAIS TRÈS BIEN QUE S'ILS AVAIENT PLUS DE TEMPS, ILS NE L'EMPLOIERAIENT PAS À DORMIR, MAIS À VAGABONDER ET À VOLER !
ET PUIS, ILS ONT TOUT ICI ! JE LES LOGE ET JE LEUR DONNE À MANGER !
TOUTE UNE CONCEPTION DE LA CHARITÉ CHRÉTIENNE !
VOUS NE VOYEZ DONC PAS QUE C'EST L'ESCLAVAGE LUI-MÊME QUI LES REND HAINEUX !
ET CROYEZ-MOI, JE SAIS CE QU'ILS RESSENTENT...
NON...
AÏE !
CRIE PLUS FORT, NÉGRO !
CORINA ! QU'EST-CE QUE JE T'AI DIT !
MAIS LAISSE-LA DONC S'AMUSER UN PEU !
SON PÈRE VEUT QU'ELLE AFFIRME SON AUTORITÉ.
SON PÈRE ! MAIS IL N'EST JAMAIS LÀ !
POURTANT VOUS PRENEZ TOUJOURS SA DÉFENSE !
ELLE A UNE MÈRE AUSSI ! ELLE N'EST D'AILLEURS PAS LA SEULE !
PARFOIS, JE ME DEMANDE CE QUE JE FAIS ICI !
21

VOILÀ CINQ ANS QUE JE N'AVAIS RIEN ÉCRIT DANS MON JOURNAL.
MAIS LES ÉVÉNEMENTS DE CES DERNIERS JOURS M'ONT POUSSÉ À LE REPRENDRE.
CINQ ANS DEPUIS QUE LUCIA S'EST MARIÉE À PORTERO ET LUI A DONNÉ UNE PETITE FILLE.
CINQ ANS QUE PORTERO A DÉLAISSÉ LUCIA, PLUS INTÉRESSÉ PAR SA CARRIÈRE QUE PAR LA VIE DE FAMILLE...
PRÉFÉRANT LE MODE DE VIE DÉCADENT DES ESPAGNOLS DE LA HAVANE À CELUI DES PLANTEURS CRÉOLES SUR L'INGENIO CASABIANCA, DONT IL ESPÈRE BIEN DEVENIR L'HEUREUX PROPRIÉTAIRE APRÈS DON LUIS.
CINQ ANS QUE LA FINCA DON DIEGO PROSPÈRE À SON RYTHME ET QUE MA RÉPUTATION DE VEGUERO COMMENCE À SE FAIRE AUPRÈS DES NÉGOCIATEURS DES FABRICAS.
LA MOITIÉ DE MA RÉCOLTE EST ACHETÉE PAR LES FABRICAS, L'AUTRE MOITIÉ, SUITE À MON ARRANGEMENT AVEC PLACIDO, ALLANT AUX CONTREBANDIERS.
TOUT LE MONDE TROUVANT AINSI SON COMPTE ET SA TRANQUILLITÉ.

J'AVAIS MÊME FAIT FABRIQUER MES PROPRES CIGARES...
... MAIS UNIQUEMENT POUR MA CONSOMMATION PERSONNELLE...
LUCIA ?
DON DIEGO ! COMME JE SUIS HEUREUSE DE VOUS TROUVER ICI !
JAHIA ET LES ENFANTS SONT LÀ ?
DOUCEMENT, LES GARÇONS !
TATA LUCIA !
EH OUI... ÇA VA, VOUS ? ON DIRAIT QUE VOUS AVEZ PLEU...
ÇA VA, OUI, MERCI, DIEGO.
JAHIA ! TU ES RAVISSANTE ! TOUS LES HOMMES DE LA VEGA DOIVENT ÊTRE À TES PIEDS !
NON, MERCI !
J'EN AI DÉJÀ DEUX QUI ME PRENNENT TOUT MON TEMPS !
MALCO ! TITO ! MES DEUX PETITS DIABLES !
TU AS DES CADEAUX POUR NOUS ?
MALCO ! QU'EST-CE QU'ON A DIT ?!
LES CADEAUX, C'EST POUR MOI, MAINTENANT !
NON, PAS AUJOURD'HUI ! LA PROCHAINE FOIS, C'EST PROMIS !
TU SAIS, MAMAN NOUS A APPRIS UNE NOUVELLE CHANSON !
TITO ! C'EST MOI QUI DEVAIS LUI DIRE !
23

QUE FAIT-ELLE ICI ?
ELLE VIENT VOIR TA SŒUR, WEKE.
ET LES ENFANTS, BIEN SÛR.
PEUT-ÊTRE, MAIS ELLE EST AVANT TOUT DE CEUX QUI M'ONT MUTILÉ ET QUI OPPRIMENT LES MIENS !
N'OUBLIE PAS QUE C'EST GRÂCE À ELLE QUE J'AI RACHETÉ TA LIBERTÉ.
MA LIBERTÉ NE SE TROUVE PAS ICI, MAIS EN AFRIQUE !
PEUT-ÊTRE BIEN, MAIS C'EST LA SEULE QUE JE PEUX T'OFFRIR POUR L'INSTANT.
IL FAUDRA T'EN CONTENTER.
À PARTIR DE CE JOUR-LÀ, LUCIA PRIT L'HABITUDE DE VENIR PLUS SOUVENT VOIR JAHIA ET LES GARÇONS.
ET C'EST LORS DE L'UNE DE SES VISITES, ALORS QU'ELLE N'ÉTAIT PAS À L'HACIENDA, QUE TOUT A BASCULÉ.
DON LUIS !
PORTERO ? QUE FAITES-VOUS ICI ? VOUS AVEZ BESOIN D'ARGENT OU VOUS VOUS RAPPELEZ ENFIN QUE VOUS AVEZ UNE FAMILLE ?
COMMENT ? MAIS À QUI CROYEZ-VOUS PARLER ?
À QUI ?!
24

JE VAIS TE LE DIRE, ESPÈCE DE PETIT MERDAILLON PARVENU !
CELA FAIT PLUS DE CINQ ANS QUE CHAQUE JOUR JE PRENDS TA DÉFENSE FACE À MA FILLE, POUR JUSTIFIER LA STUPIDITÉ DONT J'AI FAIT PREUVE EN TE LA DONNANT !
MAIS, MAIS...
TAIS-TOI ! JE SUIS UN VIEIL HOMME MAINTENANT, ET JE NE SUIS PAS ÉTERNEL !
ET IL EST HORS DE QUESTION QUE JE LAISSE MON DOMAINE ET MA FORTUNE À UN PARASITE COMME TOI !
ÇA SUFFIT !
QU'EST-CE QUE TU CROIS, VIEUX FOU ?
QUE C'EST TOI QUI DÉCIDES DE CE QUI SE PASSE ICI ?
PARFAITEMENT ! JE VAIS ALLER VOIR MON NOTAIRE POUR M'ASSURER QUE TU N'AIES JAMAIS RIEN, MÊME APRÈS MA MORT !
ET TU PENSES QUE JE VAIS TE LAISSER FAIRE ?!
JE NE VOIS PAS COMMENT TU POURRAIS M'EN EMPÊCHER !
J'AI UNE LOURDE DETTE ENVERS MA FILLE...
JE... AH... JE NE POURRAI JAMAIS LUI DEMANDER DE ME PARDONNER, ALORS... JE VAIS...
AH... JE... MON... CŒUR...
QU'EST-CE QUI T'ARRIVE ?
C'EST TON CŒUR ? LUI AUSSI VA TE LÂCHER ?
MES... MES CACHETS... LÀ-BAS...

VA... ME LES... CHERCHER S'IL TE...
JE NE CROIS PAS, NON.
PITIÉ...
PITIÉ ? DONNEZ-MOI UNE SEULE BONNE RAISON...
ET DIRE QUE JE VENAIS AUJOURD'HUI AVEC DE BONNES RÉSOLUTIONS POUR PARAÎTRE AIMABLE !
NON !
BIEN SÛR, JE T'AURAIS VOLONTIERS TUÉ MOI-MÊME, MAIS JE CROIS QUE TU VAS FAIRE ÇA TRÈS BIEN TOUT SEUL...
AAAH...
NON !
CRÈVE.
BIEN.
JE N'AI PLUS QU'À ME DÉBARRASSER DE SA FILLE...
... ET CASABIANCA SERA ENFIN À MOI...
LES CIRCONSTANCES DE LA MORT DE DON LUIS N'ONT JAMAIS ÉTÉ ÉLUCIDÉES. C'EST PORTERO QUI AVAIT DÉCOUVERT SON CORPS SANS VIE EN ARRIVANT À L'HACIENDA.
LUCIA S'EN EST LONGTEMPS VOULU DE NE PAS AVOIR ÉTÉ LÀ, NON PAS QUE CELA AURAIT CHANGÉ GRAND-CHOSE...
... À PART LUI ENLEVER QUELQUES INSTANTS DE BONHEUR PASSÉS AUPRÈS DE SA VÉRITABLE FAMILLE.

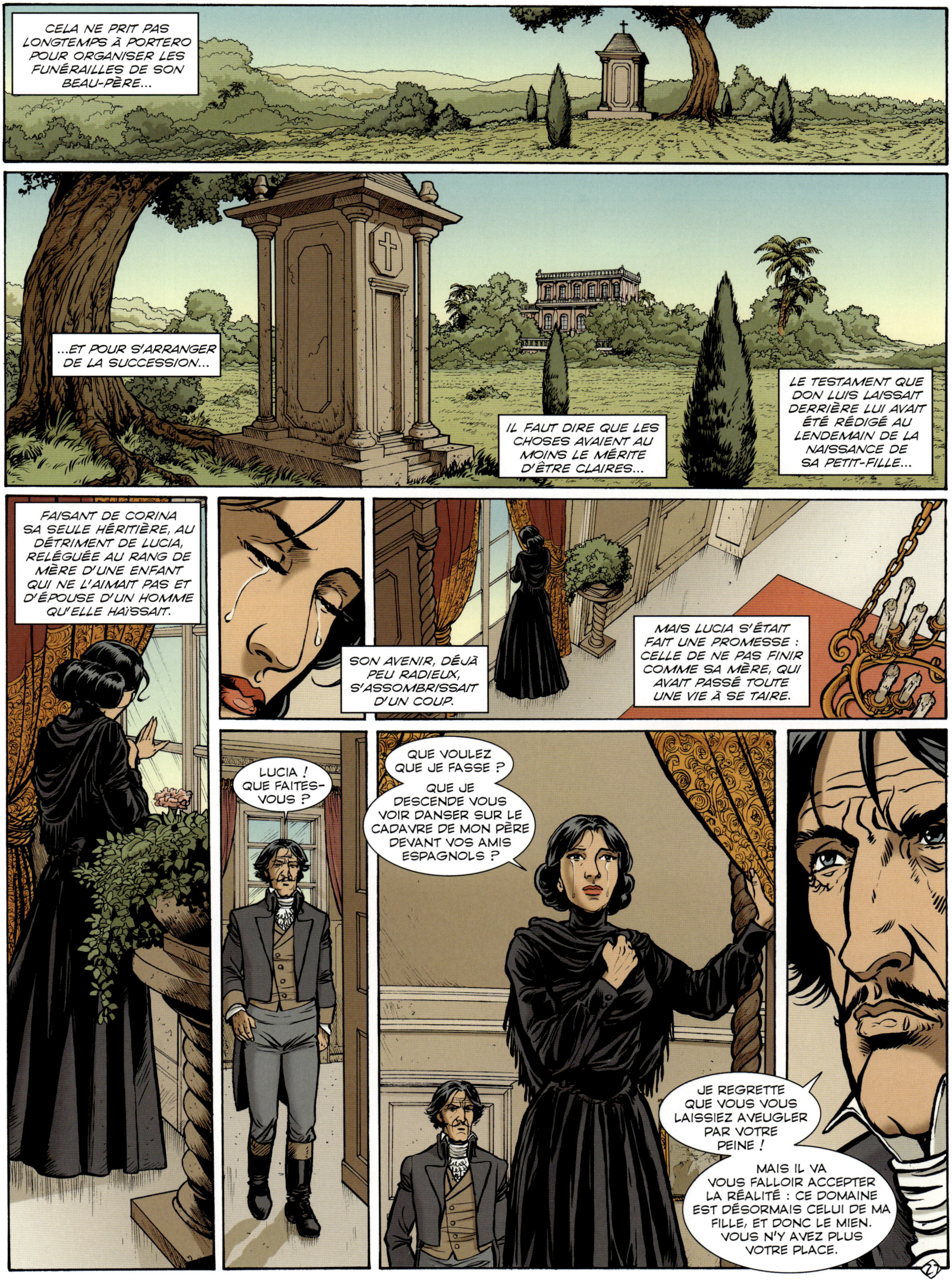
CELA NE PRIT PAS LONGTEMPS À PORTERO POUR ORGANISER LES FUNÉRAILLES DE SON BEAU-PÈRE...
...ET POUR S'ARRANGER DE LA SUCCESSION...
IL FAUT DIRE QUE LES CHOSES AVAIENT AU MOINS LE MÉRITE D'ÊTRE CLAIRES...
LE TESTAMENT QUE DON LUIS LAISSAIT DERRIÈRE LUI AVAIT ÉTÉ RÉDIGÉ AU LENDEMAIN DE LA NAISSANCE DE SA PETIT-FILLE...
FAISANT DE CORINA SA SEULE HÉRITIÈRE, AU DÉTRIMENT DE LUCIA, RELÉGUÉE AU RANG DE MÈRE D'UNE ENFANT QUI NE L'AIMAIT PAS ET D'ÉPOUSE D'UN HOMME QU'ELLE HAÏSSAIT.
SON AVENIR, DÉJÀ PEU RADIEUX, S'ASSOMBRISSAIT D'UN COUP.
MAIS LUCIA S'ÉTAIT FAIT UNE PROMESSE : CELLE DE NE PAS FINIR COMME SA MÈRE, QUI AVAIT PASSÉ TOUTE UNE VIE À SE TAIRE.
LUCIA ! QUE FAITES-VOUS ?
QUE VOULEZ QUE JE FASSE ?
QUE JE DESCENDE VOUS VOIR DANSER SUR LE CADAVRE DE MON PÈRE DEVANT VOS AMIS ESPAGNOLS ?
JE REGRETTE QUE VOUS VOUS LAISSIEZ AVEUGLER PAR VOTRE PEINE !
MAIS IL VA VOUS FALLOIR ACCEPTER LA RÉALITÉ : CE DOMAINE EST DÉSORMAIS CELUI DE MA FILLE, ET DONC LE MIEN. VOUS N'Y AVEZ PLUS VOTRE PLACE.

MAIS JE NE VOUS DEMANDE RIEN.
QUANT À VOTRE FILLE, SI VOUS DÉCIDEZ DE VOUS OCCUPER ENFIN D'ELLE, NE VOUS GÊNEZ PAS POUR MOI !
TAISEZ-VOUS !
VOUS N'AVEZ PAS LE DROIT DE PARLER AINSI DE CORINA !
ELLE EST LA SEULE RAISON POUR LAQUELLE JE VOUS TOLÈRE ICI !
NE POUSSEZ PAS VOTRE CHANCE À BOUT !
QUELLE CHANCE ?
CELLE D'AVOIR ÉPOUSÉ UN MONSTRE OU CELLE D'EN AVOIR ENFANTÉ UN ?
CLAC!
JE VOUS INTERDIS !
MAIS VOUS N'AVEZ PLUS RIEN À M'INTERDIR !
ET VOUS N'AVEZ SURTOUT PLUS LE DROIT DE ME...
TOUCHER !
PAF!
AAHH!!
REVENEZ !
JE VOUS PRÉVIENS !
SI VOUS QUITTEZ CETTE PIÈCE, JE VOUS BANNIS !
VOUS M'ENTENDEZ, LUCIA !
VOUS CRIEZ ASSEZ FORT, OUI. JE VOUS ENTENDS, MAIS JE NE VOUS ÉCOUTE PAS...
VOUS ME LE PAIEREZ !

IL ME SEMBLE QUE JE VOUS PAYE DÉJÀ BIEN CHER !
VOUS M'AVEZ PRIS MA FAMILLE, VOUS M'AVEZ PRIS MA CHAIR, ET MAINTENANT VOUS ME PRENEZ MA TERRE !
QUE VOULEZ-VOUS DE PLUS ? MON ÂME ?
EH BIEN, CELA, VOUS NE L'AUREZ PAS !
J'AURAI CE QUE JE VEUX !
ET VOUS POURREZ FUIR AUSSI LOIN QUE VOUS VOUDREZ, JE VOUS RETROUVERAI ! OÙ QUE VOUS SOYEZ !
ET CE JOUR-LÀ, VOUS NE SEREZ PLUS NI MA FEMME, NI LA MÈRE DE MA FILLE, ET JE VOUS ABATTRAI COMME UNE CHAROGNE !
MÈRE ? QUE SE PASSE-T-IL ?
POURQUOI FAITES-VOUS CRIER MON PAPA ?
CE N'EST RIEN. TU N'AS PAS À T'INQUIÉTER. CE SONT DES AFFAIRES DE GRANDS.
TU SAIS, CORINA, JE VAIS DEVOIR PARTIR ET TE LAISSER AVEC TON PÈRE.
ALORS, C'EST PAPA QUI VA ÊTRE CONTENT, PARCE QU'IL DIT QUE VOUS N'ÊTES PAS GENTILLE.
C'EST BIEN. COMME ÇA, IL POURRA S'OCCUPER DE MOI !
IL T'A DIT ÇA ?
OUI.
ET C'EST CE QUE TU VEUX ?
OUI.
ALORS, JE N'AI VRAIMENT PLUS RIEN À FAIRE ICI...
29

CE JOUR-LÀ, JE REVENAIS DE LA HAVANE, OÙ JE M'ÉTAIS RENDU POUR RENCONTRER LES ACHETEURS DES FABRICAS, EN VUE DE LA VENTE DE MES FEUILLES, AINSI QUE POUR RÉGLER QUELQUES AFFAIRES MOINS OFFICIELLES...
J'AVAIS APPRIS PAR LA RUMEUR QUE LA SUCCESSION S'ÉTAIT MAL PASSÉE, ET QUE LUCIA ALLAIT DEVOIR VIVRE DANS L'ADVERSITÉ FACE À UN MARI QUI L'AVAIT SPOLIÉE DE SES BIENS.
MAIS J'ÉTAIS BIEN LOIN DE ME DOUTER QUE LES CHOSES SE SERAIENT ENVENIMÉES AUSSI VITE.
LORSQUE JE VIS LA VOLANTA DE LUCIA, JE CRUS TOUT D'ABORD QUE SON CHEVAL ÉTAIT DEVENU FOU.
AVANT DE COMPRENDRE QUE C'ÉTAIT ELLE...
HIYAH !!
ET QUE QUELQUE CHOSE DE TERRIBLE S'ÉTAIT PASSÉ.
HOOO !!
ELLE CONDUISAIT AVEC UNE TELLE FURIE QUE JE CRUS QUE SA VOLANTA ALLAIT ENTRER DANS LA MAISON !

LES DOUTES LES PLUS FOUS M'ASSAILLIRENT L'ESPACE D'UN INSTANT !
PORTERO LUI AVAIT-IL TOUT RÉVÉLÉ DE MON PASSÉ ?
LES ESPAGNOLS AVAIENT-ILS DÉCOUVERT MES PETITS ARRANGEMENTS ?
JE DOIS AVOUER QUE JE PENSAIS D'ABORD À MA PETITE PERSONNE AVANT DE ME SOUCIER DE LUCIA...
LUCIA !
PAUVRE FOU QUE J'ÉTAIS !
JAHIA ! QUE SE PASSE-T-IL ?
DON DIEGO !
ÇA VA.
IL L'A CHASSÉE DE CHEZ ELLE.
LUCIA, JE SUIS DÉSOLÉ, JE...
MERCI, DIEGO, ÇA VA ALLER.
C'EST QUELQUE CHOSE QUE J'AURAIS DÛ FAIRE DEPUIS LONGTEMPS.
QUE S'EST-IL PASSÉ ?
APRÈS LES OBSÈQUES, NOUS NOUS SOMMES DISPUTÉS, ET IL M'A FRAPPÉE.
LE SALAUD ! JE VAIS LUI RÉGLER SON COMPTE ET...
CE N'EST PAS LA PEINE, JE LUI AI DÉJÀ RENDU LA MONNAIE DE SA PIÈCE.
ÇA L'A RENDU FOU, MAIS ÇA M'A AU MOINS DONNÉ LE COURAGE DE PARTIR !
SANS REGRETS.
31

OÙ ALLEZ-VOUS LOGER ? À LA HAVANE ?
NON, LA MAISON REVIENT AUSSI À CORINA, ET JE DOUTE QU'IL ME LAISSE L'HABITER !
ALORS, JE NE SAIS PAS...
MOI, JE SAIS : VOUS ALLEZ RESTER AVEC NOUS !
TATA LUCIA !
TU VAS HABITER AVEC NOUS ?
NON, JE NE SAIS PAS. CE SERAIT FORMIDABLE, MAIS JE NE CROIS PAS QUE...
NON SEULEMENT CE SERAIT FORMIDABLE, MAIS VOUS N'AVEZ DE TOUTE MANIÈRE PAS LE CHOIX !
ET VOUS NE SEREZ PAS LA PREMIÈRE À VENIR TROUVER REFUGE ICI !
MALCO, TU TE RENDS COMPTE ?
TA MAMAN VA RESTER AVEC NOUS !
SA MAMAN ? MAIS, VOUS M'AVIEZ DIT QUE...
JE SAIS CE QUE JE VOUS AI DIT. JE VAIS VOUS EXPLIQUER, DIEGO...
PEUT-ÊTRE EST-CE PARCE QUE JE L'AVAIS SAUVÉE SUR LA SANTA MARIA CRISTINA, MAIS LUCIA ME RACONTA TOUT LE SOIR DE SON ARRIVÉE.
COMMENT SON PÈRE L'AVAIT FORCÉE À RENIER SON FILS, LE JOUR DE SA NAISSANCE, ET COMMENT IL L'AVAIT JETÉE DANS LES GRIFFES DE PORTERO.
APRÈS AVOIR LONGUEMENT LUTTÉ AVEC MA CONSCIENCE, JE DÉCIDAI, POUR MA PART, DE RESTER LÂCHE ET DE GARDER MES SECRETS, CRAIGNANT SANS DOUTE QUE LUCIA NE JETTE ALORS UN AUTRE REGARD SUR SON SAUVEUR...

LA SEMAINE SUIVANTE AVAIT LIEU LA VENTE DES FEUILLES DE TABAC ARRIVÉES À MATURATION. LES FABRICAS VENAIENT FAIRE LEUR MARCHÉ AUPRÈS DES PRODUCTEURS DES FINCAS.
EN PARLANT AVENIR, LUCIA M'AVAIT MIS EN TÊTE DE PENSER À MONTER MA PROPRE FABRIQUE.
JE VOULAIS AVANT TOUT EN PARLER À PLACIDO.
DIEGO ! MON AMI !
PLACIDO.
TU AS DÉJÀ TOUT VENDU ?
NON, ILS SONT TOUS INTÉRESSÉS, ALORS JE FAIS MONTER LES PRIX.
C'EST VRAI QUE TES FEUILLES COMMENCENT À AVOIR UNE EXCELLENTE RÉPUTATION.
CE N'EST PAS UN HASARD. ON A VRAIMENT TRAVAILLÉ DUR POUR ARRIVER À CE RÉSULTAT ! D'AILLEURS, JE VOULAIS TON AVIS...
POURQUOI ?
J'AURAIS BIEN ENVIE DE MONTER UN PETIT ATELIER POUR FABRIQUER MES PROPRES CIGARES, COMME CEUX QUE JE TE REFILE, MAIS DE MANIÈRE PLUS OFFICIELLE.
CE N'EST PAS UNE MAUVAISE IDÉE !
ET C'EST VRAI QU'ILS SONT PLUTÔT BONS, TES... COMMENT TU LES APPELLES DÉJÀ ?
FLOR DE LUNA !
AH OUI, C'EST ÇA !
C'EST UNE BONNE IDÉE.
MAIS ÇA VEUT DIRE QUOI ?...

... QUE TU ARRÊTERAIS NOS AFFAIRES ?
NON, JUSTEMENT, JE ME DEMANDAIS COMMENT FAIRE POUR NE VEXER PERSONNE.
NOS AFFAIRES ME RAPPORTENT DE L'ARGENT...
ET ÇA M'A VRAIMENT PERMIS DE TRAVAILLER À MON RYTHME SUR LA FINCA...
MAIS, MAINTENANT, J'AIMERAIS AVOIR MA PROPRE MARQUE ET DÉVELOPPER LE COMMERCE AVEC L'EUROPE.
QUI T'A MIS DE TELLES IDÉES EN TÊTE ?
SI JE TE LE DISAIS, TU NE ME CROIRAIS PAS !
ÇA, ÇA VEUT DIRE QUE C'EST UNE FEMME !
HMM...PAS IMPOSSIBLE...
VAS-Y, RACONTE !
JE NE CROIS PAS, NON... EN PLUS ÇA POURRAIT T'ATTIRER DES ENNUIS...
OH, OH ! TU EXCITES MA CURIOSITÉ !
LAISSE TOMBER... POUR EN REVENIR À NOS AFFAIRES, JE NE VEUX PAS QUE TES AMIS AIENT L'IMPRESSION QUE JE LES LÂCHE.
JE VEUX BIEN CONTINUER À LES FOURNIR, MAIS JE NE VOUDRAIS PAS QUE CELA M'EMPÊCHE DE MONTER MON AFFAIRE.
ÉCOUTE, DIEGO, IL N'Y A PAS EU DE PROBLÈME JUSQUE-LÀ, JE NE VOIS PAS POURQUOI, IL Y EN AURAIT MAINTENANT !
SI TU LE DIS !
TANT QUE LES ESPAGNOLS NE VIENNENT Y PAS METTRE LEUR NEZ CRASSEUX...
BON, J'Y RETOURNE, MES ACHETEURS DOIVENT ÊTRE CHAUDS !
BONNE CHANCE !
QUI EST-CE QUI...
OH, C'EST VOUS...

OUI, C'EST MOI, PETITE ORDURE !
JE ME TROMPE, OÙ TU ÉTAIS EN TRAIN DE DISCUTER AVEC CASTELLANO?
SI, MAIS...
NE ME DIS PAS QUE C'EST LUI LE VEGUERO QUI FOURNIT TES CONTRE-BANDIERS !
QUEL VEGUERO ? MAIS, CAPITAINE PORTERO, JE N'AI JAMAIS FAIT...
FAIS TRÈS ATTENTION À CE QUE TU VAS DIRE, PLACIDO...
MES HOMMES ONT INTERCEPTÉ DES NAVIRES QUI SORTAIENT DU TABAC QU'UN VEGUERO T'AVAIT FOURNI.
JE NE CROIS PAS ME RAPPELER QUE CECI FAISAIT PARTIE DE NOS ARRANGEMENTS...
MAIS NON, CAPITAINE, JE PEUX TOUT VOUS EXPLIQUER...
TU N'AS RIEN À M'EXPLIQUER ! TU AS JUSTE À M'ÉCOUTER, SI TU VEUX SAUVER TA PEAU !
ET À FAIRE EXACTEMENT CE QUE JE VAIS TE DIRE !
TOUT CE QUE VOUS VOUDREZ, CAPITAINE !
LA VENTE DE MES FEUILLES S'ÉTAIT EXTRÊMEMENT BIEN PASSÉE. JE REVENAIS À LA FINCA LES POCHES PLEINES D'ARGENT ET LA TÊTE PLEINE DE PROJETS.
J'AVAIS HÂTE DE LES PARTAGER AVEC LUCIA. APRÈS TOUT, C'ÉTAIT ELLE QUI M'AVAIT MIS CES IDÉES EN TÊTE ET QUI M'AVAIT DONNÉ LES MOYENS DE LES RÉALISER.
JE ME SURPRIS ALORS À N'ENVISAGER MON AVENIR QU'AVEC ELLE...

FAITES DOUCEMENT...
NOUS SOMMES CINQ, SIX AVEC TOI, ÇA VA ALLER, NON ?
OUI, MAIS IL VA FALLOIR ÊTRE PRUDENTS...
TU NOUS AS PAS DIT QU'IL ÉTAIT TOUT SEUL AVEC DEUX NÉGROS ?
SI, MAIS JE ME MÉFIE DE DIEGO COMME DE LA PESTE...
ON DIRAIT QU'IL TE FAIT PEUR !
CE N'EST PAS ÇA !
C'EST JUSTE QUE JE N'AIME PAS FAIRE LE SALE BOULOT DES ESPAGNOLS !
BON, ON Y VA...
CLAC CLAC
JE VOUS RAPPELLE, PAS DE SURVIVANTS...

HEUREUSEMENT, JE NE DORMAIS PLUS...
CHAQUE MINUTE DE MES JOURS ET DE MES NUITS ÉTAIT OCCUPÉE PAR MES PROJETS...
ET PAR LUCIA...
CELA DIT, LES HOMMES DE PLACIDO ÉTAIENT À PEU PRÈS AUSSI DISCRETS QUE LES CANONS DE LA GRANDE ARMÉE.
PACO, TU ENTRES LE PREMIER.
LES AUTRES, VOUS LE COUVREZ...
ÇA VEUT DIRE QUOI ?
CLAC !
ÇA VEUT DIRE QUE TU TIRES SUR TOUT CE QUI BOUGE !
ET MES RÉFLEXES DE SOLDAT ÉTAIENT ENCORE BIEN AFFÛTÉS.
ALLEZ !

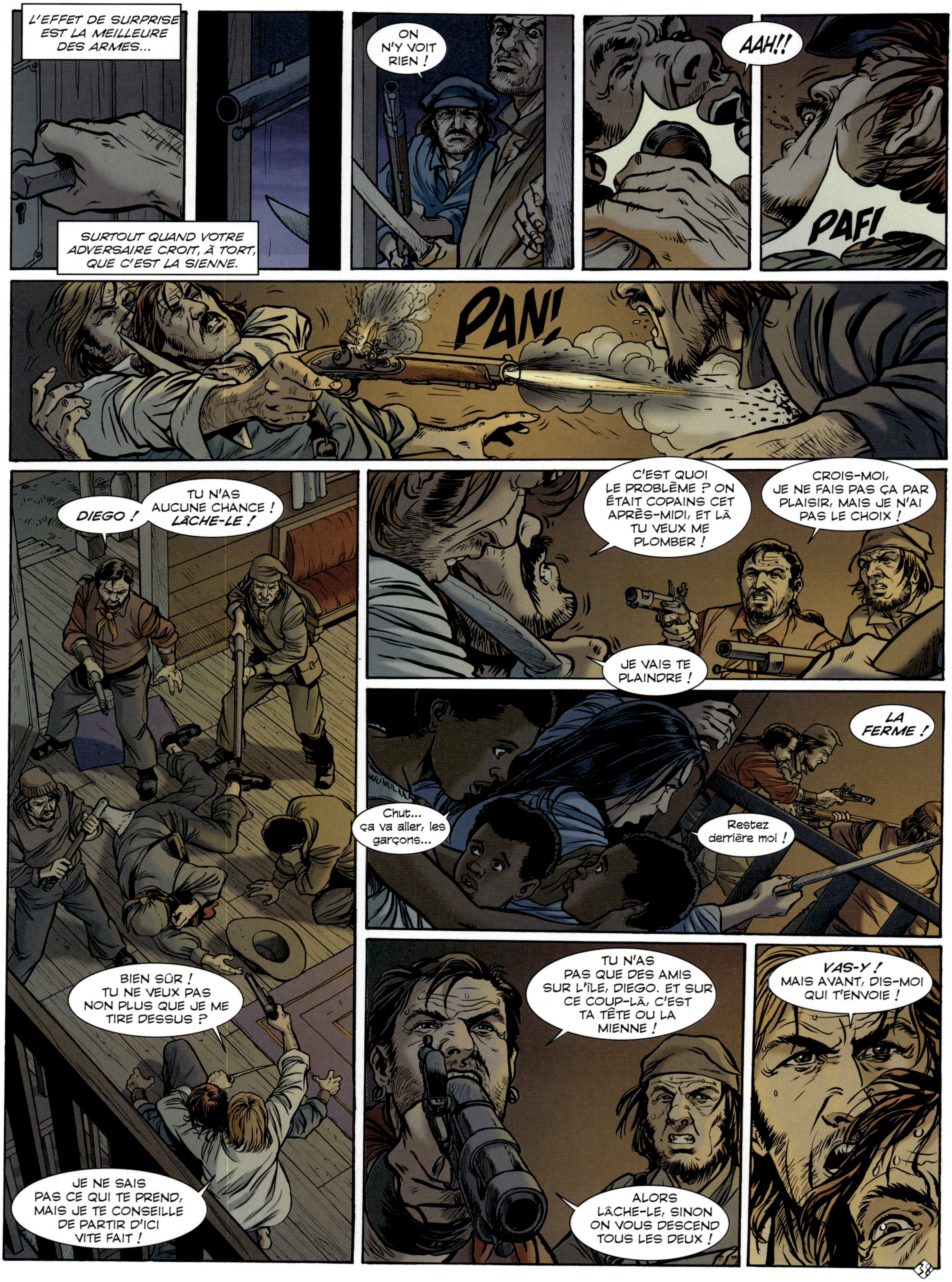
L'EFFET DE SURPRISE EST LA MEILLEURE DES ARMES...
SURTOUT QUAND VOTRE ADVERSAIRE CROIT, À TORT, QUE C'EST LA SIENNE.
ON N'Y VOIT RIEN !
AAH!!
PAF!
PAN!
DIEGO !
TU N'AS AUCUNE CHANCE ! LÂCHE-LE !
BIEN SÛR ! TU NE VEUX PAS NON PLUS QUE JE ME TIRE DESSUS ?
JE NE SAIS PAS CE QUI TE PREND, MAIS JE TE CONSEILLE DE PARTIR D'ICI VITE FAIT !
C'EST QUOI LE PROBLÈME ? ON ÉTAIT COPAINS CET APRÈS-MIDI, ET LÀ TU VEUX ME PLOMBER !
CROIS-MOI, JE NE FAIS PAS ÇA PAR PLAISIR, MAIS JE N'AI PAS LE CHOIX !
JE VAIS TE PLAINDRE !
LA FERME !
Chut... ça va aller, les garçons...
Restez derrière moi !
TU N'AS PAS QUE DES AMIS SUR L'ÎLE, DIEGO. ET SUR CE COUP-LÀ, C'EST TA TÊTE OU LA MIENNE !
ALORS LÂCHE-LE, SINON ON VOUS DESCEND TOUS LES DEUX !
VAS-Y ! MAIS AVANT, DIS-MOI QUI T'ENVOIE !
38

LES CONTREBANDIERS ? J'AI TOUJOURS ÉTÉ RÉGLO AVEC EUX !
ALORS QUI ? LES ESPAGNOLS ? ILS NE SAVENT MÊME PAS QUE J'EXISTE !
OH, QUE SI ! IL Y EN A UN QUI TE CONNAÎT MÊME TRÈS BIEN !
ET...
ATTENTION !
QU'EST-CE QUE C'EST QUE CE NÈGRE ?!
WEKE !
URGH!!
PAN !
AARH!!
DIEGO ! NON !
REGARDE !
REGARDE CE QUE C'EST, CE NÈGRE !
TU LE VOIS ?!
39

TOUT CE SANG !
JAHIA, EMMÈNE LES ENFANTS LÀ-HAUT, ILS N'ONT PLUS RIEN À FAIRE ICI !
VENEZ, LES GARÇONS !
NE BOUGEZ PAS, JE VAIS M'OCCUPER DE CETTE BLESSURE !
Placido...
CALMEZ-VOUS !
IL S'EST ENFUI. C'EST FINI !
Non... il ne doit pas...
JE VAIS LE RATTRAPER, MOI !
POUR UNE FOIS QUE JE PEUX SERVIR À QUELQUE CHOSE !
ATTENDS !
WEKE ! NON !
CE N'ÉTAIT PAS LA PREMIÈRE BALLE QUE JE ME PRENAIS, MAIS CELLE-CI ME FAISAIT UN MAL DE CHIEN.
EN MÊME TEMPS, QUAND LUCIA ME PRIT DANS SES BRAS POUR ME RÉCONFORTER, J'EN VINS PRESQUE À REMERCIER PLACIDO D'AVOIR TIRÉ...
ÇA VA ALLER. IL EST CAPABLE DE SE DÉBROUILLER TOUT SEUL.
NON... LES ESPAGNOLS... PLACIDO A PARLÉ D'UN ESPAGNOL QUI SAVAIT...
PORTERO...
MAIS L'HEURE N'ÉTAIT PAS VRAIMENT AUX RÉJOUISSANCES. PLACIDO ÉTAIT PEUT-ÊTRE UN SALE TYPE, MAIS TANT QU'IL FAISAIT DE BONNES AFFAIRES, IL N'AVAIT AUCUNE RAISON D'EN VOULOIR À QUI QUE CE SOIT.
ET IL N'ÉTAIT PAS DIFFICILE DE DEVINER QUI...
40

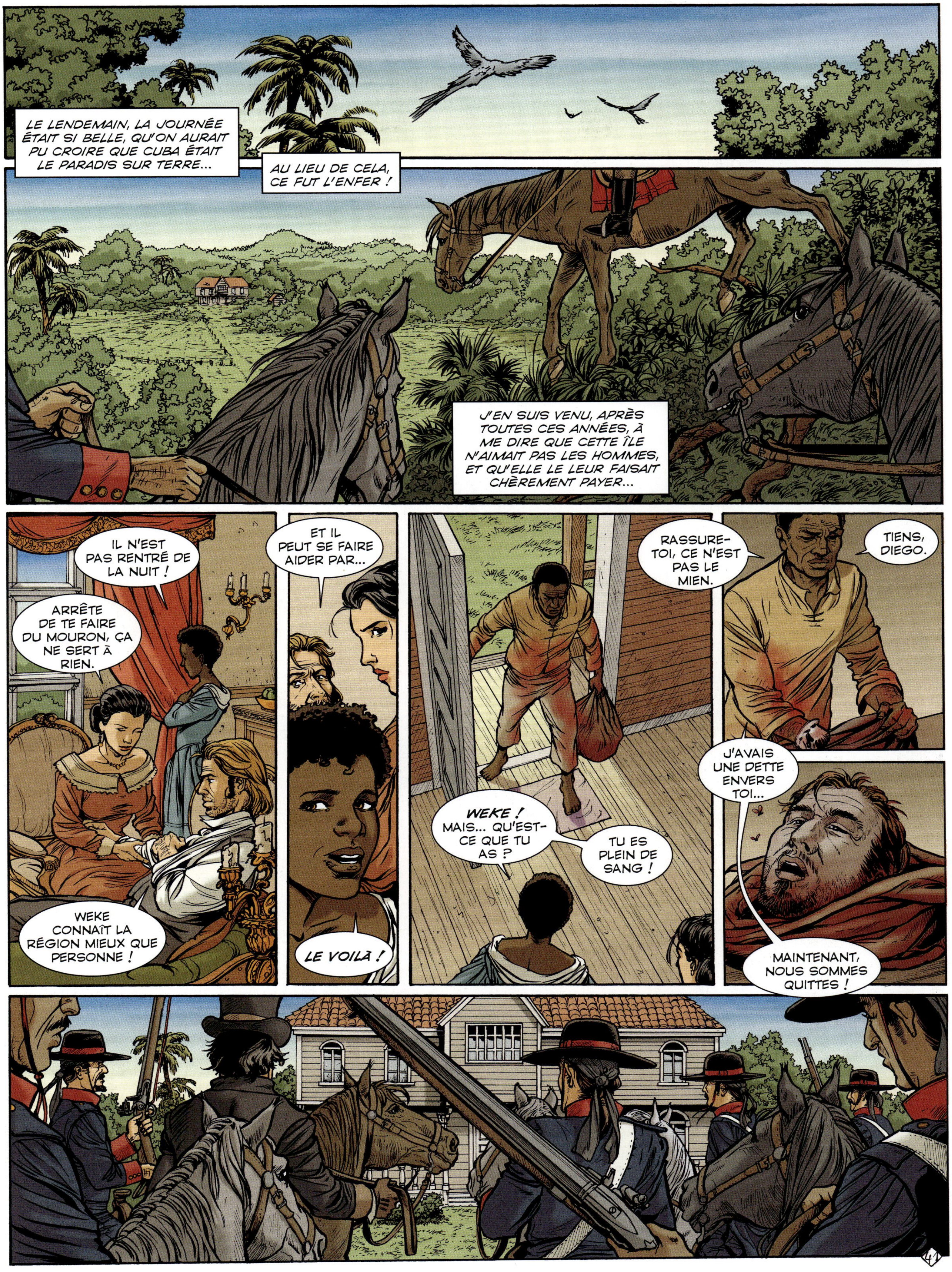

LE LENDEMAIN, LA JOURNÉE ÉTAIT SI BELLE, QU'ON AURAIT PU CROIRE QUE CUBA ÉTAIT LE PARADIS SUR TERRE...
AU LIEU DE CELA, CE FUT L'ENFER !
J'EN SUIS VENU, APRÈS TOUTES CES ANNÉES, À ME DIRE QUE CETTE ÎLE N'AIMAIT PAS LES HOMMES, ET QU'ELLE LE LEUR FAISAIT CHÈREMENT PAYER...
IL N'EST PAS RENTRÉ DE LA NUIT !
ARRÊTE DE TE FAIRE DU MOURON, ÇA NE SERT À RIEN.
WEKE CONNAÎT LA RÉGION MIEUX QUE PERSONNE !
ET IL PEUT SE FAIRE AIDER PAR...
LE VOILÀ !
RASSURE-TOI, CE N'EST PAS LE MIEN.
WEKE ! MAIS... QU'EST-CE QUE TU AS ?
TU ES PLEIN DE SANG !
TIENS, DIEGO.
J'AVAIS UNE DETTE ENVERS TOI...
MAINTENANT, NOUS SOMMES QUITTES !
44

CASTELLANO ! JE SAIS QUE VOUS ÊTES ICI !
SORTEZ !
PORTERO !
QUE FAIT-IL ICI ?
IL VIENT FINIR LE TRAVAIL DE PLACIDO !
NOUS VOULONS VOTRE NÈGRE !
C'EST UN ASSASSIN ! LIVREZ-LE-MOI ET NOUS PARTIRONS !
PORTERO ! VOUS ÊTES SUR UNE PROPRIÉTÉ PRIVÉE !
VOUS N'AVEZ PAS LE DROIT DE...
CE SERA CAPITAINE PORTERO POUR VOUS.
ET J'AI TOUS LES DROITS SUR CETTE ÎLE !
OÙ EST VOTRE BOZAL ? CELUI QUI COUPE LES TÊTES ?
JE NE SAIS PAS DE QUOI VOUS VOULEZ PARLER !
JE N'AI AUCUN ESCLAVE ! JE NE SUIS QU'UN SIMPLE VEGUERO, JE N'AI PAS LES MOYENS !
JE N'AIME PAS LES MENTEURS, CASTELLANO ! MAIS VOTRE VIE ENTIÈRE EST UN MENSONGE, N'EST-CE PAS ?

LE VOILÀ !
JE L'AI !
MOI AUSSI !
PAN!
PAN!
LA LIBERTÉ.
WEKE AVAIT TELLEMENT COURU APRÈS QUE C'EST ELLE QUI FINIT PAR LE RATTRAPER, PORTÉE PAR DEUX BALLES ESPAGNOLES QUI L'ONT RENVOYÉ POUR TOUJOURS VERS SON AFRIQUE NATALE...
WEKE ! NON !
VOILÀ QUI EST RÉGLÉ POUR CET ASSASSIN !
PASSONS À VOUS...
JE CROYAIS QUE NOUS AVIONS UN ACCORD.

UN ACCORD ? QUEL ACCORD ?
IL ME SUFFIT D'APPUYER SUR LA DÉTENTE DE CE PISTOLET POUR METTRE UN TERME À TOUS LES ACCORDS !
ARRÊTEZ CELA TOUT DE SUITE ! OU JE VOUS JURE, SUR LA TÊTE DE VOTRE FILLE, QUE VOUS ALLEZ LE REGRETTER !
LUCIA ?! MAIS QUE FAITES-VOUS ICI ?
PEU IMPORTE ! MAIS JE VOUS PRÉVIENS QUE S'IL ARRIVE QUOI QUE CE SOIT À CASTELLANO, JE DEMANDE LE DIVORCE !
ET TOUS LES BIENS DE MA FAMILLE REVIENDRONT ALORS À MON PREMIER ENFANT !
J'AI TOUS LES TÉMOINS QU'IL ME FAUT, ET MON NOTAIRE N'ATTEND QU'UN SEUL MOT !
UN ENFANT ! MAIS VOTRE PÈRE A DIT QUE...
VOUS N'ÊTES QU'UNE CATIN!
VOUS N'EN AVEZ PAS FINI AVEC MOI !
JE VOUS ENVERRAI TOUS LES DEUX EN ENFER !
MERCI, LUCIA, MAIS IL NE FALLAIT PAS...
SI, AU CONTRAIRE, JE NE POUVAIS PAS GARDER CELA PLUS LONGTEMPS !
ELLE ÉTAIT BIEN COURAGEUSE, LA PETITE LUCIA ! JE SUPPOSE QU'À CETTE ÉPOQUE CE NE DEVAIT PAS ÊTRE SIMPLE DE S'OPPOSER À SON MARI !
VENEZ, IL FAUT S'OCCUPER DE JAHIA ET DES GARÇONS...
LA GUERRE ENTRE LES PORTERO ET LES CASTELLANO A DONC DÉMARRÉ À LA MORT DE WEKE. ÉTRANGE DESTIN POUR UN PRINCE AFRICAIN...
44

J'AI BESOIN D'UNE PETITE PAUSE POUR FAIRE LE POINT.
LE TOUT EST DE TROUVER LE RAPPORT ENTRE LA GUERRE QUE SE MENAIENT LES DEUX FAMILLES EN 1825...
... ET CELLE QUE CHARLES PORTER A MENÉ CONTRE LES CHÂTEL IL Y A TRENTE ANS...
CETTE ORDURE A POUSSÉ MA FAMILLE À LA RUINE...
ABANDONNANT MA MÈRE, ENCEINTE DE SES ŒUVRES, COMME UNE PAUVRE MERDE...
JE COMPTAIS BIEN SUR LUI POUR M'EXPLIQUER POURQUOI, MAIS IL A EU L'INDÉLICATESSE ULTIME DE SE FAIRE ASSASSINER AVANT...
PAR QUI, ET POURQUOI ?
J'ESPÈRE QUE LA SUITE DE L'HISTOIRE DE DIEGO VA M'EN APPRENDRE UN PEU PLUS !
EH BEN ! ENFIN !
JE NE SAVAIS PAS QUE LE TROU DU CUL DE LA SUISSE ÉTAIT SI LOIN !
KATHRYN ? C'EST MOI.
OUI, J'Y SUIS.
NON, PAS DE VOITURE.
JE NE SAIS PAS.
OUI, C'EST VRAIMENT PAUMÉ...

À SUIVRE... BOISSERIE, STALNER & LAMBERT 2008.